Das ultimative Sexfreunde-Buch

Massimo Wolke präsentiert

Das ultimative Sexfreunde-Buch

Standard-Edition

Bibliografische Information der Deutschen Nationalbibliothek:
Die Deutsche Nationalbibliothek verzeichnet diese Publikation
in der Deutschen Nationalbibliografie; detaillierte bibliografische
Daten sind im Internet über http://dnb.dnb.de abrufbar.

© 2015 Massimo Wolke
Herstellung und Verlag:
BoD – Books on Demand, Norderstedt

ISBN: 978-3-7386-1868-6

Herzlichen Glückwunsch und vielen Dank für den Erwerb dieses Buches. Es ist schwer, in dieser kurzlebigen Zeit Übersicht über sein Leben zu bewahren. Umso wichtiger ist es, die wahren Dinge des Lebens im Auge zu behalten. Dieses Buch soll eine Hilfe sein, die wichtigsten Daten der Errungenschaften zu sammeln und fernab von allen Medien und neugierigen Blicken gesondert zu verstauen und zu warten.

Wie du bestimmt schon bemerkt hast, gibt es zwei unterschiedliche Exemplare dieses Buches. Das Buch ist sowohl in der Standard-Edition als auch in der Emperor-Edition erhältlich. Während die Standard-Edition neben einem Inhalts- und Telefonverzeichnis Platz für 50 Errungenschaften hat, bietet die Emperor-Edition neben einem Hardcover, Geburtstagskalender und zusätzlichem Statistikteil für Auswertungen (Altersspirale, Kontinenten-Check) auch Platz für 100 Eroberungen. Mit diesem Exemplar hältst du die Standard-Edition in den Händen.

Zuerst erfolgen die Erklärungen zur bestmöglichen Handhabung des Buches, danach folgt das Inhaltsverzeichnis deiner Eroberungen und anschließend ist Platz für die einzelnen Beschreibungen bzw. Bewertungen.

Ich wünsche dir nun viel Spaß und Erfolg mit diesem hilfreichen Begleiter.

Dein Massimo

Erläuterungen

Jede Eroberung bzw. jedes Profil wird in diesem Buch in zwei Bereiche geteilt. Während auf der linken Seite des Buches wichtige Daten aufgezeichnet werden können, wird auf der rechten Seite im Final Check die Eroberung nach verschiedenen Kriterien bewertet. Diese Kriterien ermöglichen einen raschen Vergleich der eroberten Damen.

Wichtige Daten:

Fotobereich:
In diesem Bereich kann man ein kleines Foto der Eroberung platzieren. Eine Zeichnung tut es allerdings auch.

Nummer/Name:
Die ersten wichtigen Angaben sind eine fortlaufende Nummer sowie der Name. Der Name ist im Inhaltsverzeichnis zur betreffenden Nummer zu ergänzen, um ein schnelles Nachschlagen zu ermöglichen.

Telefonnummer.:
Während im Mobiltelefon gespeicherte Daten nicht sicher vor unliebsamen Blicken geschützt sind, können diese im Buch bedenkenlos notiert werden. Was im Buch steht, bleibt schließlich im Buch.

Geburtstag:
Für manche mehr, für manche weniger wichtig ist das Verzeichnen des Geburtstags der Eroberung. Es kann allerdings nie schaden diesen zu kennen. Dieses Datum wird im Rahmen der Emperor-Edition näher beleuchtet. Hier werden das Alter sowie die Geburtstage der Eroberungen aufgeschlüsselt.

Nationalität:
Gerade für international interessierte Männer ist die Aufschlüsselung der Nationen kein unwesentliches Detail.

Haarfarbe:
Hier kannst du Angaben über die Haarfarbe machen.

Körpergröße:
Manche mögen es groß und andere klein. Hier kannst du den Überblick bewahren.

Körbchengröße:
Manche Experten erkennen die Körbchengröße mit einem Blick, andere müssen zur Hilfe nachsehen.

Statur:
Hier kannst du die Statur deiner Eroberungen angeben. Wie der Geschmack des Mannes, ist hier alles möglich.

Kennenlerndatum/-ort/durch wen:
Für manche Eroberungen ist es wichtig zu wissen, wann/wo man erobert bzw. sich das erste Mal getroffen hat. Ebenso ist die Angabe wichtig, durch wen man die Eroberung kennengelernt hat. Hier können gleich gefährliche Schnittmengen erkannt werden und man kann sich notfalls in Vorsicht üben.

Beziehungsstatus:
Es ist nie schlecht zu wissen, ob sich die Eroberung in einer Beziehung befindet oder nicht. Beide Varianten können sowohl Vor- als auch Nachteile mit sich bringen. Nachteile einer bereits vergebenen Eroberung sind jedenfalls die mangelnde Verfügbarkeit sowie das Risiko. Ein Vorteil ist sicher die geringere Anhänglichkeit.

Slip-/Dessoustyp:
Welche Slips oder welche Dessous trägt die Eroberung? Je heißer, umso besser.

Interessen:
Es kann von Vorteil sein, die Interessen der Eroberungen zu kennen. Mit dieser Information kann man beim nächsten Treffen Anknüpfungspunkte finden.

Sexuelle Vorlieben:
Die sexuellen Vorlieben sind für die Vorbereitung wichtig, um zu wissen, wie die Eroberung tickt. Des Weiteren weiß man beim Date, woran man ist.

Bevorzugte Stellungen:
Ebenso ist es bei der Vorbereitung wichtig zu wissen, welche Stellungen die Eroberung bevorzugt.

Hübsche Freundinnen:
Hat die Eroberung hübsche Freundinnen? Auf wen muss man achten? Welche Freundin kann gefährlich werden? Kennt eine Freundin eine andere Eroberung?

Gefährliche Schnittmengen:
Welche Personen oder Orte können Gefahrenherde darstellen? Wer kennt wen? Wer hält sich wo und wie oft auf? Können sich Eroberungen gegenseitig kennenlernen? Haben Eroberungen gemeinsame Freundinnen? Hier gilt: Gefahr erkannt, Gefahr gebannt.

Final Check:
Der Final Check stellt das Herzstück eines Profils dar. Er vergleicht verschiedene Kriterien, welche jeweils einer Bewertung unterzogen werden. Er besteht aus sieben Einzel- und einer Gesamtbewertung. Bei jedem Eckpunkt ist eine Bewertung von 1 bis 5 Punkte möglich, wobei 1 die schlechteste Bewertung und 5 die beste Bewertung darstellt. Bei der Gesamtbewertung ist eine Bewertung von 1 bis 5 Punkte möglich, wobei eine eigene subjektive Gesamtbewertung oder ein Durchschnitt der einzelnen Bewertungen möglich ist.

Aussehen:
Wie deine Bewertungen im Allgemeinen höchst subjektiv sind, ist auch die konkrete Bewertung des Aussehens subjektiv. Was gefällt, gefällt.

Alter:
Für manche Männer kann sie nicht jung genug sein, für andere verspricht eine ältere Frau Erfahrungswerte, welche positiv gewertet werden können.

Naivität:
Es muss nicht immer eine Nobelpreisträgerin sein. Jeder Mann hat auch hier seine eigenen Vorstellungen, wobei eine gewisse Leichtgläubigkeit durchaus von Vorteil sein kann.

Beziehungsstatus:
Hat die Eroberung eine Beziehung?

Offenheit:
Ist die Eroberung ein aufgeschlossener Mensch und für viele Dinge und Erfahrungen offen?

Sexuelles Wissen:
Wie ist es mit dem sexuellen Wissen der Eroberung bestellt? Wie erfahren ist die Eroberung? Kann man noch von der Eroberung lernen?

Bettfaktor:
Der Bettfaktor gibt allgemein an, wie viel Spaß man mit der Eroberung im Bett hat.

Verrücktheit:
Manche mögen es total verrückt, andere jedoch eher weniger. Es gibt kein richtig oder falsch. Wichtig ist, was gefällt.

Gesamtbewertung:
Die Gesamtbewertung stellt entweder einen Durchschnitt der einzelnen Bewertungskriterien oder eine subjektive Gesamtbewertung dar. Die Bewertungsskala reicht dabei von 1 bis 5 Punkte. Je höher, desto besser!

Exklusiv in der Emperor-Edition:

Kalender:
Der Kalender zeigt alle Geburtstage der Eroberungen auf einen Blick. So kann man nie einen Geburtstag vergessen.

Altersspirale:
Die Altersspirale ermöglicht das Festhalten des Alters der Eroberungen, um einen statistischen Überblick zu bieten. Im Kreis kann das jeweilige Alter angekreuzt werden. Darunter kann mittels Strichliste die Eroberung einem Altersbereich zugeordnet werden. Es muss nicht extra betont werden, dass sich der Gentleman von Welt für Damen ab 18 interessiert.

Kontinenten-Check:
Der Punkt Kontinenten-Check ermöglicht dem Gentleman, das Herkunftsland der Eroberungen zu verzeichnen und sich somit einen Überblick zu verschaffen. Während auf der Landkarte der jeweilige Ort angekreuzt werden kann, wird darunter festgehalten, um welchen Kontinent und um welches Land es sich handelt.

Inhaltsverzeichnis

Nummer	Name	Telefonnummer
01		
02		
03		
04		
05		
06		
07		
08		
09		
10		
11		
12		
13		
14		
15		
16		
17		
18		
19		
20		

Nummer	Name	Telefonnummer
21		
22		
23		
24		
25		
26		
27		
28		
29		
30		
31		
32		
33		
34		
35		
36		
37		
38		
39		
40		

Nummer	Name	Telefonnummer
41		
42		
43		
44		
45		
46		
47		
48		
49		
50		

Nr. 01/Name:_____

Telefonnr.:_____

Geburtstag:_____

Nationalität:_____

Haarfarbe:_____

Körpergröße:_____

Körbchengröße:_____

Statur:_____

Kennenlerndatum/-ort/durch wen:_____

Beziehungsstatus:_____

Slip-/Dessoustyp:_____

Interessen:_____

Sexuelle Vorlieben:_____

_____

Bevorzugte Stellungen:_____

_____

Hübsche Freundinnen:_____

_____

Gefährliche Schnittmengen:_____

_____

FINAL CHECK

Aussehen: 1   2   3   4   5

Alter: 1   2   3   4   5

Naivität: 1   2   3   4   5

Beziehungsstatus   1   2   3   4   5

Offenheit: 1   2   3   4   5

Sexuelles Wissen: 1   2   3   4   5

Bettfaktor: 1   2   3   4   5

Verrücktheit: 1   2   3   4   5

Gesamtbewertung:

Nr. 02/Name:_____

Telefonnr.:_____

Geburtstag:_____

Nationalität:_____

Haarfarbe:_____

Körpergröße:_____

Körbchengröße:_____

Statur:_____

Kennenlerndatum/-ort/durch wen:_____

Beziehungsstatus:_____

Slip-/Dessoustyp:_____

Interessen:_____

Sexuelle Vorlieben:_____

_____

Bevorzugte Stellungen:_____

_____

Hübsche Freundinnen:_____

_____

Gefährliche Schnittmengen:_____

_____

FINAL CHECK

Aussehen: 1   2   3   4   5

Alter: 1   2   3   4   5

Naivität: 1   2   3   4   5

Beziehungsstatus   1   2   3   4   5

Offenheit: 1   2   3   4   5

Sexuelles Wissen: 1   2   3   4   5

Bettfaktor: 1   2   3   4   5

Verrücktheit: 1   2   3   4   5

Gesamtbewertung:

1   2   3   4   5

Nr. 03/Name:_____

Telefonnr.:_____

Geburtstag:_____

Nationalität:_____

Haarfarbe:_____

Körpergröße:_____

Körbchengröße:_____

Statur:_____

Kennenlerndatum/-ort/durch wen:_____

Beziehungsstatus:_____

Slip-/Dessoustyp:_____

Interessen:_____

Sexuelle Vorlieben:_____

_____

Bevorzugte Stellungen:_____

_____

Hübsche Freundinnen:_____

_____

Gefährliche Schnittmengen:_____

_____

FINAL CHECK

Aussehen: 1   2   3   4   5

Alter: 1   2   3   4   5

Naivität: 1   2   3   4   5

Beziehungsstatus   1   2   3   4   5

Offenheit: 1   2   3   4   5

Sexuelles Wissen: 1   2   3   4   5

Bettfaktor: 1   2   3   4   5

Verrücktheit: 1   2   3   4   5

Gesamtbewertung:

Nr. 04/Name:_____

Telefonnr.:_____

Geburtstag:_____

Nationalität:_____

Haarfarbe:_____

Körpergröße:_____

Körbchengröße:_____

Statur:_____

Kennenlerndatum/-ort/durch wen:_____

Beziehungsstatus:_____

Slip-/Dessoustyp:_____

Interessen:_____

Sexuelle Vorlieben:_____

_____

Bevorzugte Stellungen:_____

_____

Hübsche Freundinnen:_____

_____

Gefährliche Schnittmengen:_____

_____

FINAL CHECK

Aussehen: 1   2   3   4   5

Alter: 1   2   3   4   5

Naivität: 1   2   3   4   5

Beziehungsstatus   1   2   3   4   5

Offenheit: 1   2   3   4   5

Sexuelles Wissen: 1   2   3   4   5

Bettfaktor: 1   2   3   4   5

Verrücktheit: 1   2   3   4   5

Gesamtbewertung:

    1   2   3   4   5

Nr. 05/Name:_____

Telefonnr.:_____

Geburtstag:_____

Nationalität:_____

Haarfarbe:_____

Körpergröße:_____

Körbchengröße:_____

Statur:_____

Kennenlerndatum/-ort/durch wen:_____

Beziehungsstatus:_____

Slip-/Dessoustyp:_____

Interessen:_____

Sexuelle Vorlieben:_____

_____

Bevorzugte Stellungen:_____

_____

Hübsche Freundinnen:_____

_____

Gefährliche Schnittmengen:_____

_____

FINAL CHECK

Aussehen: 1   2   3   4   5

Alter: 1   2   3   4   5

Naivität: 1   2   3   4   5

Beziehungsstatus   1   2   3   4   5

Offenheit: 1   2   3   4   5

Sexuelles Wissen: 1   2   3   4   5

Bettfaktor: 1   2   3   4   5

Verrücktheit: 1   2   3   4   5

Gesamtbewertung:

1   2   3   4   5

Nr. 06/Name:_____

Telefonnr.:_____

Geburtstag:_____

Nationalität:_____

Haarfarbe:_____

Körpergröße:_____

Körbchengröße:_____

Statur:_____

Kennenlerndatum/-ort/durch wen:_____

Beziehungsstatus:_____

Slip-/Dessoustyp:_____

Interessen:_____

Sexuelle Vorlieben:_____

_____

Bevorzugte Stellungen:_____

_____

Hübsche Freundinnen:_____

_____

Gefährliche Schnittmengen:_____

_____

FINAL CHECK

Aussehen: 1   2   3   4   5

Alter: 1   2   3   4   5

Naivität: 1   2   3   4   5

Beziehungsstatus   1   2   3   4   5

Offenheit: 1   2   3   4   5

Sexuelles Wissen: 1   2   3   4   5

Bettfaktor: 1   2   3   4   5

Verrücktheit: 1   2   3   4   5

Gesamtbewertung:

  1   2   3   4   5

Nr. 07/Name: _____

Telefonnr.: _____

Geburtstag: _____

Nationalität: _____

Haarfarbe: _____

Körpergröße: _____

Körbchengröße: _____

Statur: _____

Kennenlerndatum/-ort/durch wen: _____

Beziehungsstatus: _____

Slip-/Dessoustyp: _____

Interessen: _____

Sexuelle Vorlieben: _____
_____

Bevorzugte Stellungen: _____
_____

Hübsche Freundinnen: _____
_____

Gefährliche Schnittmengen: _____
_____

FINAL CHECK

Aussehen: 1   2   3   4   5

Alter: 1   2   3   4   5

Naivität: 1   2   3   4   5

Beziehungsstatus   1   2   3   4   5

Offenheit: 1   2   3   4   5

Sexuelles Wissen: 1   2   3   4   5

Bettfaktor: 1   2   3   4   5

Verrücktheit: 1   2   3   4   5

Gesamtbewertung:

Nr. 08/Name:_____

Telefonnr.:_____

Geburtstag:_____

Nationalität:_____

Haarfarbe:_____

Körpergröße:_____

Körbchengröße:_____

Statur:_____

Kennenlerndatum/-ort/durch wen:_____

Beziehungsstatus:_____

Slip-/Dessoustyp:_____

Interessen:_____

Sexuelle Vorlieben:_____

_____

Bevorzugte Stellungen:_____

_____

Hübsche Freundinnen:_____

_____

Gefährliche Schnittmengen:_____

_____

FINAL CHECK

Aussehen: 1   2   3   4   5

Alter: 1   2   3   4   5

Naivität: 1   2   3   4   5

Beziehungsstatus   1   2   3   4   5

Offenheit: 1   2   3   4   5

Sexuelles Wissen: 1   2   3   4   5

Bettfaktor: 1   2   3   4   5

Verrücktheit: 1   2   3   4   5

Gesamtbewertung:

1   2   3   4   5

Nr. 09/Name:_____

Telefonnr.:_____

Geburtstag:_____

Nationalität:_____

Haarfarbe:_____

Körpergröße:_____

Körbchengröße:_____

Statur:_____

Kennenlerndatum/-ort/durch wen:_____

Beziehungsstatus:_____

Slip-/Dessoustyp:_____

Interessen:_____

Sexuelle Vorlieben:_____

_____

Bevorzugte Stellungen:_____

_____

Hübsche Freundinnen:_____

_____

Gefährliche Schnittmengen:_____

_____

FINAL CHECK

Aussehen: 1   2   3   4   5

Alter: 1   2   3   4   5

Naivität: 1   2   3   4   5

Beziehungsstatus 1   2   3   4   5

Offenheit: 1   2   3   4   5

Sexuelles Wissen: 1   2   3   4   5

Bettfaktor: 1   2   3   4   5

Verrücktheit: 1   2   3   4   5

Gesamtbewertung:

Nr. 10/Name:_____

Telefonnr.:_____

Geburtstag:_____

Nationalität:_____

Haarfarbe:_____

Körpergröße:_____

Körbchengröße:_____

Statur:_____

Kennenlerndatum/-ort/durch wen:_____

Beziehungsstatus:_____

Slip-/Dessoustyp:_____

Interessen:_____

Sexuelle Vorlieben:_____

_____

Bevorzugte Stellungen:_____

_____

Hübsche Freundinnen:_____

_____

Gefährliche Schnittmengen:_____

_____

FINAL CHECK

Aussehen: 1 2 3 4 5

Alter: 1 2 3 4 5

Naivität: 1 2 3 4 5

Beziehungsstatus   1 2 3 4 5

Offenheit: 1 2 3 4 5

Sexuelles Wissen: 1 2 3 4 5

Bettfaktor: 1 2 3 4 5

Verrücktheit: 1 2 3 4 5

Gesamtbewertung:

1   2   3   4   5

Nr. 11/Name:_____

Telefonnr.:_____

Geburtstag:_____

Nationalität:_____

Haarfarbe:_____

Körpergröße:_____

Körbchengröße:_____

Statur:_____

Kennenlerndatum/-ort/durch wen:_____

Beziehungsstatus:_____

Slip-/Dessoustyp:_____

Interessen:_____

Sexuelle Vorlieben:_____

_____

Bevorzugte Stellungen:_____

_____

Hübsche Freundinnen:_____

_____

Gefährliche Schnittmengen:_____

_____

FINAL CHECK

Aussehen: 1   2   3   4   5

Alter: 1   2   3   4   5

Naivität: 1   2   3   4   5

Beziehungsstatus   1   2   3   4   5

Offenheit: 1   2   3   4   5

Sexuelles Wissen: 1   2   3   4   5

Bettfaktor: 1   2   3   4   5

Verrücktheit: 1   2   3   4   5

Gesamtbewertung:

Nr. 12/Name:_____

Telefonnr.:_____

Geburtstag:_____

Nationalität:_____

Haarfarbe:_____

Körpergröße:_____

Körbchengröße:_____

Statur:_____

Kennenlerndatum/-ort/durch wen:_____

Beziehungsstatus:_____

Slip-/Dessoustyp:_____

Interessen:_____

Sexuelle Vorlieben:_____

_____

Bevorzugte Stellungen:_____

_____

Hübsche Freundinnen:_____

_____

Gefährliche Schnittmengen:_____

_____

FINAL CHECK

Aussehen: 1 2 3 4 5

Alter: 1 2 3 4 5

Naivität: 1 2 3 4 5

Beziehungsstatus   1 2 3 4 5

Offenheit: 1 2 3 4 5

Sexuelles Wissen: 1 2 3 4 5

Bettfaktor: 1 2 3 4 5

Verrücktheit: 1 2 3 4 5

Gesamtbewertung:

Nr. 13/Name:_____

Telefonnr.:_____

Geburtstag:_____

Nationalität:_____

Haarfarbe:_____

Körpergröße:_____

Körbchengröße:_____

Statur:_____

Kennenlerndatum/-ort/durch wen:_____

Beziehungsstatus:_____

Slip-/Dessoustyp:_____

Interessen:_____

Sexuelle Vorlieben:_____

_____

Bevorzugte Stellungen:_____

_____

Hübsche Freundinnen:_____

_____

Gefährliche Schnittmengen:_____

_____

FINAL CHECK

Aussehen: 1   2   3   4   5

Alter: 1   2   3   4   5

Naivität: 1   2   3   4   5

Beziehungsstatus   1   2   3   4   5

Offenheit: 1   2   3   4   5

Sexuelles Wissen: 1   2   3   4   5

Bettfaktor: 1   2   3   4   5

Verrücktheit: 1   2   3   4   5

Gesamtbewertung:

1   2   3   4   5

Nr. 14/Name: _____

Telefonnr.: _____

Geburtstag: _____

Nationalität: _____

Haarfarbe: _____

Körpergröße: _____

Körbchengröße: _____

Statur: _____

Kennenlerndatum/-ort/durch wen: _____

Beziehungsstatus: _____

Slip-/Dessoustyp: _____

Interessen: _____

Sexuelle Vorlieben: _____

_____

Bevorzugte Stellungen: _____

_____

Hübsche Freundinnen: _____

_____

Gefährliche Schnittmengen: _____

_____

FINAL CHECK

Aussehen: 1   2   3   4   5

Alter: 1   2   3   4   5

Naivität: 1   2   3   4   5

Beziehungsstatus   1   2   3   4   5

Offenheit: 1   2   3   4   5

Sexuelles Wissen: 1   2   3   4   5

Bettfaktor: 1   2   3   4   5

Verrücktheit: 1   2   3   4   5

Gesamtbewertung:

1   2   3   4   5

Nr. 15/Name:_____

Telefonnr.:_____

Geburtstag:_____

Nationalität:_____

Haarfarbe:_____

Körpergröße:_____

Körbchengröße:_____

Statur:_____

Kennenlerndatum/-ort/durch wen:_____

Beziehungsstatus:_____

Slip-/Dessoustyp:_____

Interessen:_____

Sexuelle Vorlieben:_____

_____

Bevorzugte Stellungen:_____

_____

Hübsche Freundinnen:_____

_____

Gefährliche Schnittmengen:_____

_____

FINAL CHECK

Aussehen: 1   2   3   4   5

Alter: 1   2   3   4   5

Naivität: 1   2   3   4   5

Beziehungsstatus   1   2   3   4   5

Offenheit: 1   2   3   4   5

Sexuelles Wissen: 1   2   3   4   5

Bettfaktor: 1   2   3   4   5

Verrücktheit: 1   2   3   4   5

Gesamtbewertung:

1   2   3   4   5

Nr. 16/Name:_____

Telefonnr.:_____

Geburtstag:_____

Nationalität:_____

Haarfarbe:_____

Körpergröße:_____

Körbchengröße:_____

Statur:_____

Kennenlerndatum/-ort/durch wen:_____

Beziehungsstatus:_____

Slip-/Dessoustyp:_____

Interessen:_____

Sexuelle Vorlieben:_____

_____

Bevorzugte Stellungen:_____

_____

Hübsche Freundinnen:_____

_____

Gefährliche Schnittmengen:_____

_____

FINAL CHECK

Aussehen: 1   2   3   4   5

Alter: 1   2   3   4   5

Naivität: 1   2   3   4   5

Beziehungsstatus   1   2   3   4   5

Offenheit: 1   2   3   4   5

Sexuelles Wissen: 1   2   3   4   5

Bettfaktor: 1   2   3   4   5

Verrücktheit: 1   2   3   4   5

Gesamtbewertung:

1   2   3   4   5

Nr. 77/Name:_____

Telefonnr.:_____

Geburtstag:_____

Nationalität:_____

Haarfarbe:_____

Körpergröße:_____

Körbchengröße:_____

Statur:_____

Kennenlerndatum/-ort/durch wen:_____

Beziehungsstatus:_____

Slip-/Dessoustyp:_____

Interessen:_____

Sexuelle Vorlieben:_____

_____

Bevorzugte Stellungen:_____

_____

Hübsche Freundinnen:_____

_____

Gefährliche Schnittmengen:_____

_____

FINAL CHECK

Aussehen:　　　　　　1　2　3　4　5

Alter:　　　　　　　　1　2　3　4　5

Naivität:　　　　　　1　2　3　4　5

Beziehungsstatus　　　1　2　3　4　5

Offenheit:　　　　　　1　2　3　4　5

Sexuelles Wissen:　　1　2　3　4　5

Bettfaktor:　　　　　1　2　3　4　5

Verrücktheit:　　　　1　2　3　4　5

Gesamtbewertung:

Nr. 18/Name:_____

Telefonnr.:_____

Geburtstag:_____

Nationalität:_____

Haarfarbe:_____

Körpergröße:_____

Körbchengröße:_____

Statur:_____

Kennenlerndatum/-ort/durch wen:_____

Beziehungsstatus:_____

Slip-/Dessoustyp:_____

Interessen:_____

Sexuelle Vorlieben:_____

_____

Bevorzugte Stellungen:_____

_____

Hübsche Freundinnen:_____

_____

Gefährliche Schnittmengen:_____

_____

FINAL CHECK

Aussehen: 1   2   3   4   5

Alter: 1   2   3   4   5

Naivität: 1   2   3   4   5

Beziehungsstatus   1   2   3   4   5

Offenheit: 1   2   3   4   5

Sexuelles Wissen: 1   2   3   4   5

Bettfaktor: 1   2   3   4   5

Verrücktheit: 1   2   3   4   5

Gesamtbewertung:

1   2   3   4   5

Nr. 19/Name:_____

Telefonnr.:_____

Geburtstag:_____

Nationalität:_____

Haarfarbe:_____

Körpergröße:_____

Körbchengröße:_____

Statur:_____

Kennenlerndatum/-ort/durch wen:_____

Beziehungsstatus:_____

Slip-/Dessoustyp:_____

Interessen:_____

Sexuelle Vorlieben:_____

_____

Bevorzugte Stellungen:_____

_____

Hübsche Freundinnen:_____

_____

Gefährliche Schnittmengen:_____

_____

FINAL CHECK

Aussehen: 1   2   3   4   5

Alter: 1   2   3   4   5

Naivität: 1   2   3   4   5

Beziehungsstatus 1   2   3   4   5

Offenheit: 1   2   3   4   5

Sexuelles Wissen: 1   2   3   4   5

Bettfaktor: 1   2   3   4   5

Verrücktheit: 1   2   3   4   5

Gesamtbewertung:

  1   2   3   4   5

Nr. 20/Name:_____

Telefonnr.:_____

Geburtstag:_____

Nationalität:_____

Haarfarbe:_____

Körpergröße:_____

Körbchengröße:_____

Statur:_____

Kennenlerndatum/-ort/durch wen:_____

Beziehungsstatus:_____

Slip-/Dessoustyp:_____

Interessen:_____

Sexuelle Vorlieben:_____

_____

Bevorzugte Stellungen:_____

_____

Hübsche Freundinnen:_____

_____

Gefährliche Schnittmengen:_____

_____

FINAL CHECK

Aussehen: 1   2   3   4   5

Alter: 1   2   3   4   5

Naivität: 1   2   3   4   5

Beziehungsstatus   1   2   3   4   5

Offenheit: 1   2   3   4   5

Sexuelles Wissen: 1   2   3   4   5

Bettfaktor: 1   2   3   4   5

Verrücktheit: 1   2   3   4   5

Gesamtbewertung:

1   2   3   4   5

Nr. 21/Name:_____

Telefonnr.:_____

Geburtstag:_____

Nationalität:_____

Haarfarbe:_____

Körpergröße:_____

Körbchengröße:_____

Statur:_____

Kennenlerndatum/-ort/durch wen:_____

Beziehungsstatus:_____

Slip-/Dessoustyp:_____

Interessen:_____

Sexuelle Vorlieben:_____

_____

Bevorzugte Stellungen:_____

_____

Hübsche Freundinnen:_____

_____

Gefährliche Schnittmengen:_____

_____

FINAL CHECK

Aussehen: 1   2   3   4   5

Alter: 1   2   3   4   5

Naivität: 1   2   3   4   5

Beziehungsstatus   1   2   3   4   5

Offenheit: 1   2   3   4   5

Sexuelles Wissen: 1   2   3   4   5

Bettfaktor: 1   2   3   4   5

Verrücktheit: 1   2   3   4   5

Gesamtbewertung:

1   2   3   4   5

Nr. 22/Name:_____

Telefonnr.:_____

Geburtstag:_____

Nationalität:_____

Haarfarbe:_____

Körpergröße:_____

Körbchengröße:_____

Statur:_____

Kennenlerndatum/-ort/durch wen:_____

Beziehungsstatus:_____

Slip-/Dessoustyp:_____

Interessen:_____

Sexuelle Vorlieben:_____

_____

Bevorzugte Stellungen:_____

_____

Hübsche Freundinnen:_____

_____

Gefährliche Schnittmengen:_____

_____

FINAL CHECK

Aussehen: 1   2   3   4   5

Alter: 1   2   3   4   5

Naivität: 1   2   3   4   5

Beziehungsstatus   1   2   3   4   5

Offenheit: 1   2   3   4   5

Sexuelles Wissen: 1   2   3   4   5

Bettfaktor: 1   2   3   4   5

Verrücktheit: 1   2   3   4   5

Gesamtbewertung:

1   2   3   4   5

Nr. 23/Name:_____

Telefonnr.:_____

Geburtstag:_____

Nationalität:_____

Haarfarbe:_____

Körpergröße:_____

Körbchengröße:_____

Statur:_____

Kennenlerndatum/-ort/durch wen:_____

Beziehungsstatus:_____

Slip-/Dessoustyp:_____

Interessen:_____

Sexuelle Vorlieben:_____

_____

Bevorzugte Stellungen:_____

_____

Hübsche Freundinnen:_____

_____

Gefährliche Schnittmengen:_____

_____

FINAL CHECK

Aussehen: 1   2   3   4   5

Alter: 1   2   3   4   5

Naivität: 1   2   3   4   5

Beziehungsstatus   1   2   3   4   5

Offenheit: 1   2   3   4   5

Sexuelles Wissen: 1   2   3   4   5

Bettfaktor: 1   2   3   4   5

Verrücktheit: 1   2   3   4   5

Gesamtbewertung:

1   2   3   4   5

Nr. 24/Name:_____

Telefonnr.:_____

Geburtstag:_____

Nationalität:_____

Haarfarbe:_____

Körpergröße:_____

Körbchengröße:_____

Statur:_____

Kennenlerndatum/-ort/durch wen:_____

Beziehungsstatus:_____

Slip-/Dessoustyp:_____

Interessen:_____

Sexuelle Vorlieben:_____

_____

Bevorzugte Stellungen:_____

_____

Hübsche Freundinnen:_____

_____

Gefährliche Schnittmengen:_____

_____

FINAL CHECK

Aussehen: 1 2 3 4 5

Alter: 1 2 3 4 5

Naivität: 1 2 3 4 5

Beziehungsstatus   1 2 3 4 5

Offenheit: 1 2 3 4 5

Sexuelles Wissen: 1 2 3 4 5

Bettfaktor: 1 2 3 4 5

Verrücktheit: 1 2 3 4 5

Gesamtbewertung:

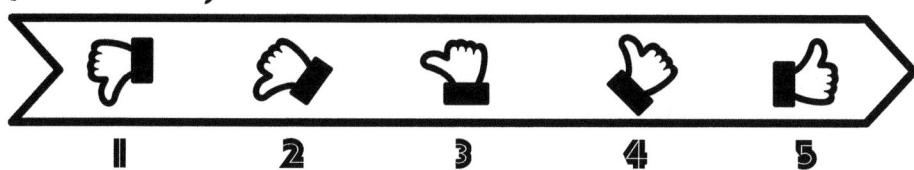

Nr. 25/Name:_____

Telefonnr.:_____

Geburtstag:_____

Nationalität:_____

Haarfarbe:_____

Körpergröße:_____

Körbchengröße:_____

Statur:_____

Kennenlerndatum/-ort/durch wen:_____

Beziehungsstatus:_____

Slip-/Dessoustyp:_____

Interessen:_____

Sexuelle Vorlieben:_____

_____

Bevorzugte Stellungen:_____

_____

Hübsche Freundinnen:_____

_____

Gefährliche Schnittmengen:_____

_____

FINAL CHECK

Aussehen: 1   2   3   4   5

Alter: 1   2   3   4   5

Naivität: 1   2   3   4   5

Beziehungsstatus 1   2   3   4   5

Offenheit: 1   2   3   4   5

Sexuelles Wissen: 1   2   3   4   5

Bettfaktor: 1   2   3   4   5

Verrücktheit: 1   2   3   4   5

Gesamtbewertung:

Nr. 26/Name:_____

Telefonnr.:_____

Geburtstag:_____

Nationalität:_____

Haarfarbe:_____

Körpergröße:_____

Körbchengröße:_____

Statur:_____

Kennenlerndatum/-ort/durch wen:_____

Beziehungsstatus:_____

Slip-/Dessoustyp:_____

Interessen:_____

Sexuelle Vorlieben:_____

_____

Bevorzugte Stellungen:_____

_____

Hübsche Freundinnen:_____

_____

Gefährliche Schnittmengen:_____

_____

FINAL CHECK

Aussehen: 1   2   3   4   5

Alter: 1   2   3   4   5

Naivität: 1   2   3   4   5

Beziehungsstatus   1   2   3   4   5

Offenheit: 1   2   3   4   5

Sexuelles Wissen: 1   2   3   4   5

Bettfaktor: 1   2   3   4   5

Verrücktheit: 1   2   3   4   5

Gesamtbewertung:

Nr. 27/Name:_____

Telefonnr.:_____

Geburtstag:_____

Nationalität:_____

Haarfarbe:_____

Körpergröße:_____

Körbchengröße:_____

Statur:_____

Kennenlerndatum/-ort/durch wen:_____

Beziehungsstatus:_____

Slip-/Dessoustyp:_____

Interessen:_____

Sexuelle Vorlieben:_____
_____

Bevorzugte Stellungen:_____
_____

Hübsche Freundinnen:_____
_____

Gefährliche Schnittmengen:_____
_____

FINAL CHECK

Aussehen: 1   2   3   4   5

Alter: 1   2   3   4   5

Naivität: 1   2   3   4   5

Beziehungsstatus   1   2   3   4   5

Offenheit: 1   2   3   4   5

Sexuelles Wissen: 1   2   3   4   5

Bettfaktor: 1   2   3   4   5

Verrücktheit: 1   2   3   4   5

Gesamtbewertung:

1   2   3   4   5

Nr. 28/Name:_____

Telefonnr.:_____

Geburtstag:_____

Nationalität:_____

Haarfarbe:_____

Körpergröße:_____

Körbchengröße:_____

Statur:_____

Kennenlerndatum/-ort/durch wen:_____

Beziehungsstatus:_____

Slip-/Dessoustyp:_____

Interessen:_____

Sexuelle Vorlieben:_____

_____

Bevorzugte Stellungen:_____

_____

Hübsche Freundinnen:_____

_____

Gefährliche Schnittmengen:_____

_____

FINAL CHECK

Aussehen: 1   2   3   4   5

Alter: 1   2   3   4   5

Naivität: 1   2   3   4   5

Beziehungsstatus   1   2   3   4   5

Offenheit: 1   2   3   4   5

Sexuelles Wissen: 1   2   3   4   5

Bettfaktor: 1   2   3   4   5

Verrücktheit: 1   2   3   4   5

Gesamtbewertung:

1   2   3   4   5

Nr. 29/Name:_____

Telefonnr.:_____

Geburtstag:_____

Nationalität:_____

Haarfarbe:_____

Körpergröße:_____

Körbchengröße:_____

Statur:_____

Kennenlerndatum/-ort/durch wen:_____

Beziehungsstatus:_____

Slip-/Dessoustyp:_____

Interessen:_____

Sexuelle Vorlieben:_____

_____

Bevorzugte Stellungen:_____

_____

Hübsche Freundinnen:_____

_____

Gefährliche Schnittmengen:_____

_____

FINAL CHECK

Aussehen: 1   2   3   4   5

Alter: 1   2   3   4   5

Naivität: 1   2   3   4   5

Beziehungsstatus 1   2   3   4   5

Offenheit: 1   2   3   4   5

Sexuelles Wissen: 1   2   3   4   5

Bettfaktor: 1   2   3   4   5

Verrücktheit: 1   2   3   4   5

Gesamtbewertung:

1   2   3   4   5

Nr. 30/Name:_____

Telefonnr.:_____

Geburtstag:_____

Nationalität:_____

Haarfarbe:_____

Körpergröße:_____

Körbchengröße:_____

Statur:_____

Kennenlerndatum/-ort/durch wen:_____

Beziehungsstatus:_____

Slip-/Dessoustyp:_____

Interessen:_____

Sexuelle Vorlieben:_____

_____

Bevorzugte Stellungen:_____

_____

Hübsche Freundinnen:_____

_____

Gefährliche Schnittmengen:_____

_____

FINAL CHECK

Aussehen: 1   2   3   4   5

Alter: 1   2   3   4   5

Naivität: 1   2   3   4   5

Beziehungsstatus   1   2   3   4   5

Offenheit: 1   2   3   4   5

Sexuelles Wissen: 1   2   3   4   5

Bettfaktor: 1   2   3   4   5

Verrücktheit: 1   2   3   4   5

Gesamtbewertung:

Nr. 31/Name:_____

Telefonnr.:_____

Geburtstag:_____

Nationalität:_____

Haarfarbe:_____

Körpergröße:_____

Körbchengröße:_____

Statur:_____

Kennenlerndatum/-ort/durch wen:_____

Beziehungsstatus:_____

Slip-/Dessoustyp:_____

Interessen:_____

Sexuelle Vorlieben:_____

_____

Bevorzugte Stellungen:_____

_____

Hübsche Freundinnen:_____

_____

Gefährliche Schnittmengen:_____

_____

FINAL CHECK

Aussehen: 1   2   3   4   5

Alter: 1   2   3   4   5

Naivität: 1   2   3   4   5

Beziehungsstatus   1   2   3   4   5

Offenheit: 1   2   3   4   5

Sexuelles Wissen: 1   2   3   4   5

Bettfaktor: 1   2   3   4   5

Verrücktheit: 1   2   3   4   5

Gesamtbewertung:

Nr. 32/Name:_____

Telefonnr.:_____

Geburtstag:_____

Nationalität:_____

Haarfarbe:_____

Körpergröße:_____

Körbchengröße:_____

Statur:_____

Kennenlerndatum/-ort/durch wen:_____

Beziehungsstatus:_____

Slip-/Dessoustyp:_____

Interessen:_____

Sexuelle Vorlieben:_____

_____

Bevorzugte Stellungen:_____

_____

Hübsche Freundinnen:_____

_____

Gefährliche Schnittmengen:_____

_____

FINAL CHECK

Aussehen: 1   2   3   4   5

Alter: 1   2   3   4   5

Naivität: 1   2   3   4   5

Beziehungsstatus   1   2   3   4   5

Offenheit: 1   2   3   4   5

Sexuelles Wissen: 1   2   3   4   5

Bettfaktor: 1   2   3   4   5

Verrücktheit: 1   2   3   4   5

Gesamtbewertung:

1   2   3   4   5

Nr. 33/Name:_____

Telefonnr.:_____

Geburtstag:_____

Nationalität:_____

Haarfarbe:_____

Körpergröße:_____

Körbchengröße:_____

Statur:_____

Kennenlerndatum/-ort/durch wen:_____

Beziehungsstatus:_____

Slip-/Dessoustyp:_____

Interessen:_____

Sexuelle Vorlieben:_____
_____

Bevorzugte Stellungen:_____
_____

Hübsche Freundinnen:_____
_____

Gefährliche Schnittmengen:_____
_____

FINAL CHECK

Aussehen: 1   2   3   4   5

Alter: 1   2   3   4   5

Naivität: 1   2   3   4   5

Beziehungsstatus: 1   2   3   4   5

Offenheit: 1   2   3   4   5

Sexuelles Wissen: 1   2   3   4   5

Bettfaktor: 1   2   3   4   5

Verrücktheit: 1   2   3   4   5

Gesamtbewertung:

Nr. 34/Name:_____

Telefonnr.:_____

Geburtstag:_____

Nationalität:_____

Haarfarbe:_____

Körpergröße:_____

Körbchengröße:_____

Statur:_____

Kennenlerndatum/-ort/durch wen:_____

Beziehungsstatus:_____

Slip-/Dessoustyp:_____

Interessen:_____

Sexuelle Vorlieben:_____

_____

Bevorzugte Stellungen:_____

_____

Hübsche Freundinnen:_____

_____

Gefährliche Schnittmengen:_____

_____

FINAL CHECK

Aussehen: 1   2   3   4   5

Alter: 1   2   3   4   5

Naivität: 1   2   3   4   5

Beziehungsstatus   1   2   3   4   5

Offenheit: 1   2   3   4   5

Sexuelles Wissen: 1   2   3   4   5

Bettfaktor: 1   2   3   4   5

Verrücktheit: 1   2   3   4   5

Gesamtbewertung:

1   2   3   4   5

Nr. 35/Name:_____

Telefonnr.:_____

Geburtstag:_____

Nationalität:_____

Haarfarbe:_____

Körpergröße:_____

Körbchengröße:_____

Statur:_____

Kennenlerndatum/-ort/durch wen:_____

Beziehungsstatus:_____

Slip-/Dessoustyp:_____

Interessen:_____

Sexuelle Vorlieben:_____
_____

Bevorzugte Stellungen:_____
_____

Hübsche Freundinnen:_____
_____

Gefährliche Schnittmengen:_____
_____

FINAL CHECK

Aussehen: 1   2   3   4   5

Alter: 1   2   3   4   5

Naivität: 1   2   3   4   5

Beziehungsstatus   1   2   3   4   5

Offenheit: 1   2   3   4   5

Sexuelles Wissen: 1   2   3   4   5

Bettfaktor: 1   2   3   4   5

Verrücktheit: 1   2   3   4   5

Gesamtbewertung:

1   2   3   4   5

Nr. 36/Name:_____

Telefonnr.:_____

Geburtstag:_____

Nationalität:_____

Haarfarbe:_____

Körpergröße:_____

Körbchengröße:_____

Statur:_____

Kennenlerndatum/-ort/durch wen:_____

Beziehungsstatus:_____

Slip-/Dessoustyp:_____

Interessen:_____

Sexuelle Vorlieben:_____

_____

Bevorzugte Stellungen:_____

_____

Hübsche Freundinnen:_____

_____

Gefährliche Schnittmengen:_____

_____

FINAL CHECK

Aussehen: 1   2   3   4   5

Alter: 1   2   3   4   5

Naivität: 1   2   3   4   5

Beziehungsstatus   1   2   3   4   5

Offenheit: 1   2   3   4   5

Sexuelles Wissen: 1   2   3   4   5

Bettfaktor: 1   2   3   4   5

Verrücktheit: 1   2   3   4   5

Gesamtbewertung:

1   2   3   4   5

Nr. 37/Name:_____

Telefonnr.:_____

Geburtstag:_____

Nationalität:_____

Haarfarbe:_____

Körpergröße:_____

Körbchengröße:_____

Statur:_____

Kennenlerndatum/-ort/durch wen:_____

Beziehungsstatus:_____

Slip-/Dessoustyp:_____

Interessen:_____

Sexuelle Vorlieben:_____
_____

Bevorzugte Stellungen:_____
_____

Hübsche Freundinnen:_____
_____

Gefährliche Schnittmengen:_____
_____

FINAL CHECK

Aussehen:	1	2	3	4	5
Alter:	1	2	3	4	5
Naivität:	1	2	3	4	5
Beziehungsstatus	1	2	3	4	5
Offenheit:	1	2	3	4	5
Sexuelles Wissen:	1	2	3	4	5
Bettfaktor:	1	2	3	4	5
Verrücktheit:	1	2	3	4	5

Gesamtbewertung:

Nr. 38/Name:_____

Telefonnr.:_____

Geburtstag:_____

Nationalität:_____

Haarfarbe:_____

Körpergröße:_____

Körbchengröße:_____

Statur:_____

Kennenlerndatum/-ort/durch wen:_____

Beziehungsstatus:_____

Slip-/Dessoustyp:_____

Interessen:_____

Sexuelle Vorlieben:_____

_____

Bevorzugte Stellungen:_____

_____

Hübsche Freundinnen:_____

_____

Gefährliche Schnittmengen:_____

_____

FINAL CHECK

Aussehen: 1   2   3   4   5

Alter: 1   2   3   4   5

Naivität: 1   2   3   4   5

Beziehungsstatus   1   2   3   4   5

Offenheit: 1   2   3   4   5

Sexuelles Wissen: 1   2   3   4   5

Bettfaktor: 1   2   3   4   5

Verrücktheit: 1   2   3   4   5

Gesamtbewertung:

1   2   3   4   5

Nr. 39/Name:_____

Telefonnr.:_____

Geburtstag:_____

Nationalität:_____

Haarfarbe:_____

Körpergröße:_____

Körbchengröße:_____

Statur:_____

Kennenlerndatum/-ort/durch wen:_____

Beziehungsstatus:_____

Slip-/Dessoustyp:_____

Interessen:_____

Sexuelle Vorlieben:_____

_____

Bevorzugte Stellungen:_____

_____

Hübsche Freundinnen:_____

_____

Gefährliche Schnittmengen:_____

_____

FINAL CHECK

Aussehen: 1   2   3   4   5

Alter: 1   2   3   4   5

Naivität: 1   2   3   4   5

Beziehungsstatus 1   2   3   4   5

Offenheit: 1   2   3   4   5

Sexuelles Wissen: 1   2   3   4   5

Bettfaktor: 1   2   3   4   5

Verrücktheit: 1   2   3   4   5

Gesamtbewertung:

1   2   3   4   5

Nr. 40/Name:_____

Telefonnr.:_____

Geburtstag:_____

Nationalität:_____

Haarfarbe:_____

Körpergröße:_____

Körbchengröße:_____

Statur:_____

Kennenlerndatum/-ort/durch wen:_____

Beziehungsstatus:_____

Slip-/Dessoustyp:_____

Interessen:_____

Sexuelle Vorlieben:_____

_____

Bevorzugte Stellungen:_____

_____

Hübsche Freundinnen:_____

_____

Gefährliche Schnittmengen:_____

_____

FINAL CHECK

Aussehen: 1   2   3   4   5

Alter: 1   2   3   4   5

Naivität: 1   2   3   4   5

Beziehungsstatus   1   2   3   4   5

Offenheit: 1   2   3   4   5

Sexuelles Wissen: 1   2   3   4   5

Bettfaktor: 1   2   3   4   5

Verrücktheit: 1   2   3   4   5

Gesamtbewertung:

1   2   3   4   5

Nr. 41/Name:_____

Telefonnr.:_____

Geburtstag:_____

Nationalität:_____

Haarfarbe:_____

Körpergröße:_____

Körbchengröße:_____

Statur:_____

Kennenlerndatum/-ort/durch wen:_____

Beziehungsstatus:_____

Slip-/Dessoustyp:_____

Interessen:_____

Sexuelle Vorlieben:_____
_____

Bevorzugte Stellungen:_____
_____

Hübsche Freundinnen:_____
_____

Gefährliche Schnittmengen:_____
_____

FINAL CHECK

Aussehen: 1   2   3   4   5

Alter: 1   2   3   4   5

Naivität: 1   2   3   4   5

Beziehungsstatus   1   2   3   4   5

Offenheit: 1   2   3   4   5

Sexuelles Wissen: 1   2   3   4   5

Bettfaktor: 1   2   3   4   5

Verrücktheit: 1   2   3   4   5

Gesamtbewertung:

1   2   3   4   5

Nr. 42/Name:_____

Telefonnr.:_____

Geburtstag:_____

Nationalität:_____

Haarfarbe:_____

Körpergröße:_____

Körbchengröße:_____

Statur:_____

Kennenlerndatum/-ort/durch wen:_____

Beziehungsstatus:_____

Slip-/Dessoustyp:_____

Interessen:_____

Sexuelle Vorlieben:_____

_____

Bevorzugte Stellungen:_____

_____

Hübsche Freundinnen:_____

_____

Gefährliche Schnittmengen:_____

_____

FINAL CHECK

Aussehen: 1   2   3   4   5

Alter: 1   2   3   4   5

Naivität: 1   2   3   4   5

Beziehungsstatus   1   2   3   4   5

Offenheit: 1   2   3   4   5

Sexuelles Wissen: 1   2   3   4   5

Bettfaktor: 1   2   3   4   5

Verrücktheit: 1   2   3   4   5

Gesamtbewertung:

1   2   3   4   5

Nr. 43/Name:_____

Telefonnr.:_____

Geburtstag:_____

Nationalität:_____

Haarfarbe:_____

Körpergröße:_____

Körbchengröße:_____

Statur:_____

Kennenlerndatum/-ort/durch wen:_____

Beziehungsstatus:_____

Slip-/Dessoustyp:_____

Interessen:_____

Sexuelle Vorlieben:_____
_____

Bevorzugte Stellungen:_____
_____

Hübsche Freundinnen:_____
_____

Gefährliche Schnittmengen:_____
_____

FINAL CHECK

Aussehen: 1   2   3   4   5

Alter: 1   2   3   4   5

Naivität: 1   2   3   4   5

Beziehungsstatus   1   2   3   4   5

Offenheit: 1   2   3   4   5

Sexuelles Wissen: 1   2   3   4   5

Bettfaktor: 1   2   3   4   5

Verrücktheit: 1   2   3   4   5

Gesamtbewertung:

1   2   3   4   5

Nr. 44/Name:_____

Telefonnr.:_____

Geburtstag:_____

Nationalität:_____

Haarfarbe:_____

Körpergröße:_____

Körbchengröße:_____

Statur:_____

Kennenlerndatum/-ort/durch wen:_____

Beziehungsstatus:_____

Slip-/Dessoustyp:_____

Interessen:_____

Sexuelle Vorlieben:_____
_____

Bevorzugte Stellungen:_____
_____

Hübsche Freundinnen:_____
_____

Gefährliche Schnittmengen:_____
_____

FINAL CHECK

Aussehen: 1   2   3   4   5

Alter: 1   2   3   4   5

Naivität: 1   2   3   4   5

Beziehungsstatus   1   2   3   4   5

Offenheit: 1   2   3   4   5

Sexuelles Wissen: 1   2   3   4   5

Bettfaktor: 1   2   3   4   5

Verrücktheit: 1   2   3   4   5

Gesamtbewertung:

Nr. 45/Name:_____

Telefonnr.:_____

Geburtstag:_____

Nationalität:_____

Haarfarbe:_____

Körpergröße:_____

Körbchengröße:_____

Statur:_____

Kennenlerndatum/-ort/durch wen:_____

Beziehungsstatus:_____

Slip-/Dessoustyp:_____

Interessen:_____

Sexuelle Vorlieben:_____

_____

Bevorzugte Stellungen:_____

_____

Hübsche Freundinnen:_____

_____

Gefährliche Schnittmengen:_____

_____

FINAL CHECK

Aussehen: 1 2 3 4 5

Alter: 1 2 3 4 5

Naivität: 1 2 3 4 5

Beziehungsstatus: 1 2 3 4 5

Offenheit: 1 2 3 4 5

Sexuelles Wissen: 1 2 3 4 5

Bettfaktor: 1 2 3 4 5

Verrücktheit: 1 2 3 4 5

Gesamtbewertung:

1 2 3 4 5

Nr. 46/Name:_____

Telefonnr.:_____

Geburtstag:_____

Nationalität:_____

Haarfarbe:_____

Körpergröße:_____

Körbchengröße:_____

Statur:_____

Kennenlerndatum/-ort/durch wen:_____

Beziehungsstatus:_____

Slip-/Dessoustyp:_____

Interessen:_____

Sexuelle Vorlieben:_____

_____

Bevorzugte Stellungen:_____

_____

Hübsche Freundinnen:_____

_____

Gefährliche Schnittmengen:_____

_____

FINAL CHECK

Aussehen: 1 2 3 4 5

Alter: 1 2 3 4 5

Naivität: 1 2 3 4 5

Beziehungsstatus 1 2 3 4 5

Offenheit: 1 2 3 4 5

Sexuelles Wissen: 1 2 3 4 5

Bettfaktor: 1 2 3 4 5

Verrücktheit: 1 2 3 4 5

Gesamtbewertung:

1   2   3   4   5

Nr. 41/Name:_____

Telefonnr.:_____

Geburtstag:_____

Nationalität:_____

Haarfarbe:_____

Körpergröße:_____

Körbchengröße:_____

Statur:_____

Kennenlerndatum/-ort/durch wen:_____

Beziehungsstatus:_____

Slip-/Dessoustyp:_____

Interessen:_____

Sexuelle Vorlieben:_____
_____

Bevorzugte Stellungen:_____
_____

Hübsche Freundinnen:_____
_____

Gefährliche Schnittmengen:_____
_____

FINAL CHECK

Aussehen: 1   2   3   4   5

Alter: 1   2   3   4   5

Naivität: 1   2   3   4   5

Beziehungsstatus   1   2   3   4   5

Offenheit: 1   2   3   4   5

Sexuelles Wissen: 1   2   3   4   5

Bettfaktor: 1   2   3   4   5

Verrücktheit: 1   2   3   4   5

Gesamtbewertung:

1   2   3   4   5

Nr. 48/Name:_____

Telefonnr.:_____

Geburtstag:_____

Nationalität:_____

Haarfarbe:_____

Körpergröße:_____

Körbchengröße:_____

Statur:_____

Kennenlerndatum/-ort/durch wen:_____

Beziehungsstatus:_____

Slip-/Dessoustyp:_____

Interessen:_____

Sexuelle Vorlieben:_____

_____

Bevorzugte Stellungen:_____

_____

Hübsche Freundinnen:_____

_____

Gefährliche Schnittmengen:_____

_____

FINAL CHECK

Aussehen: 1   2   3   4   5

Alter: 1   2   3   4   5

Naivität: 1   2   3   4   5

Beziehungsstatus   1   2   3   4   5

Offenheit: 1   2   3   4   5

Sexuelles Wissen: 1   2   3   4   5

Bettfaktor: 1   2   3   4   5

Verrücktheit: 1   2   3   4   5

Gesamtbewertung:

1   2   3   4   5

Nr. 49/Name:_____

Telefonnr.:_____

Geburtstag:_____

Nationalität:_____

Haarfarbe:_____

Körpergröße:_____

Körbchengröße:_____

Statur:_____

Kennenlerndatum/-ort/durch wen:_____

Beziehungsstatus:_____

Slip-/Dessoustyp:_____

Interessen:_____

Sexuelle Vorlieben:_____
_____

Bevorzugte Stellungen:_____
_____

Hübsche Freundinnen:_____
_____

Gefährliche Schnittmengen:_____
_____

FINAL CHECK

Aussehen: 1   2   3   4   5

Alter: 1   2   3   4   5

Naivität: 1   2   3   4   5

Beziehungsstatus   1   2   3   4   5

Offenheit: 1   2   3   4   5

Sexuelles Wissen: 1   2   3   4   5

Bettfaktor: 1   2   3   4   5

Verrücktheit: 1   2   3   4   5

Gesamtbewertung:

1   2   3   4   5

Nr. 50/Name:_____

Telefonnr.:_____

Geburtstag:_____

Nationalität:_____

Haarfarbe:_____

Körpergröße:_____

Körbchengröße:_____

Statur:_____

Kennenlerndatum/-ort/durch wen:_____

Beziehungsstatus:_____

Slip-/Dessoustyp:_____

Interessen:_____

Sexuelle Vorlieben:_____

_____

Bevorzugte Stellungen:_____

_____

Hübsche Freundinnen:_____

_____

Gefährliche Schnittmengen:_____

_____

FINAL CHECK

Aussehen: 1   2   3   4   5

Alter: 1   2   3   4   5

Naivität: 1   2   3   4   5

Beziehungsstatus   1   2   3   4   5

Offenheit: 1   2   3   4   5

Sexuelles Wissen: 1   2   3   4   5

Bettfaktor: 1   2   3   4   5

Verrücktheit: 1   2   3   4   5

Gesamtbewertung: